刘亮程童年与故乡系列

# 那个让我
# 飞起来的梦

刘亮程／著　袁小真／绘

山东教育出版社·济南

**图书在版编目（CIP）数据**

那个让我飞起来的梦 / 刘亮程著；袁小真绘. --济南：山东
教育出版社，2022.4（2022.7重印）

ISBN 978-7-5701-1957-8

Ⅰ.①那…　Ⅱ.①刘…②袁…　Ⅲ.①散文集-中国-当代
Ⅳ.①I267

中国版本图书馆CIP数据核字（2021）第041664号

那个让我飞起来的梦
NA GE RANG WO FEI QILAI DE MENG
刘亮程 著　袁小真 绘

主管单位：山东出版传媒股份有限公司
出版人：刘东杰
出版发行：山东教育出版社
地址：济南市市中区二环南路2066号4区1号
邮编：250003
电话：（0531）82092660
网址：www.sjs.com.cn
印刷：山东星海彩印有限公司
版次：2022年4月第1版
印次：2022年7月第2次印刷
开本：889 mm×1270 mm　1/32
印张：3.625
印数：10001—15000
字数：37千
定价：30.00元

（如印装质量有问题，请与印厂联系调换）
印厂电话：0531-88881100

刘亮程，新疆人，著有诗集《晒晒黄沙梁的太阳》，散文集《一个人的村庄》《在新疆》，长篇小说《虚土》《凿空》《捎话》《本巴》，随笔访谈《把地上的事往天上聊》。多篇文章收入中学语文教材，获鲁迅文学奖等奖项。任中国作协散文委员会副主任、新疆作协副主席。2014年入住新疆木垒县菜籽沟村，创建菜籽沟艺术家村落及木垒书院，现在书院过耕读生活。

# 目录

# 空气中多了一个人的呼吸

那一年，一个叫唐八的人出世，天空落了一夜土，许多东西变得重起来：房顶、绳子、牛车、灯。

我早醒了一阵，天还没亮。父亲说，好睡眠是一根长绳子，能把黑夜完全捆住。那个晚上，我的睡眠又短了一截子。

我又一次看见天是怎么亮的。我睁大眼睛，一场黑风从眼前慢慢刮过去，接着一场白风徐徐吹来。让人睡着和醒来的，是两种不同颜色的风。我回想起谁说过的这句话。这个村子的每个角落里都藏着一句话，每当我感受到一种东西，很快，空气中便会冒出一句话，把我的感受全说出来。这时空气微微波动了一下，极轻微的一下，不像是鸟扇了扇翅膀、房边渠沟里一个水泡破了，或有人梦中长叹一口气。我感到空气中突然多了一个人的呼吸。因为多了一个人，这片天地间的空气重新分配了一次。如果在梦中，我不会觉察到这些。我的睡眠稍长一点，我便错过了一个人的出世。

梦见的人不呼吸我们的空气。我听见谁说过这句话，也是天快亮的时候，我从梦中醒来，一句话在枕旁等着我。我静静躺着，天空在落土。我想听见另一句。许多东西变得重起来。我躺了好一阵子，公鸡叫了，驴叫了，狗叫了。我感觉到的一个人的出生始终没有被说出来。

可能出生一个人这样平常的小事，从来没必要花费一句话去说。鸡叫一声就够了。驴叫一声，狗再叫一声，就够够的了。

可是那一天，村里像过年一样迎接了一个人的出生。一大早鞭炮从村南头一直响到村北头。我出门撒尿，看见两个人在路旁拉鞭炮，从村南开始，一棵树一棵树地用鞭炮连起来，像一根红绳子穿过村子，拉到村北头了还余出一截子。接连不断的鞭炮声把狗吓得不敢出窝，树震得簌簌直落叶子。

唐家生了七个女儿，终于等来了一个儿子。吃早饭时母亲说，今天别跑远了，有好吃的。

多少年来这个村庄从没这样隆重地迎接一个人。唐家光羊宰了八只，院子里支了八口大锅，中午全村人被请去吃喝。每人带着自家的碗和筷子，房子里坐不下的，站在院子里，院子里挤不下的，站在路上、蹲在墙头上。狗在人中间窜来窜去，抢食人啃剩的骨头。鸡围着人脚转，等候人嘴里漏下的菜渣饭粒。那顿饭一直吃到天黑，看不见锅、看不见碗了，人才渐渐散去。

又过多少年（十三年或许八年，我记不清楚），也是在夜里，天快亮时，这个人悄然死去。空气依旧微微波动了一下，我没有醒来。我在梦中走进沙漠拉柴火，白雪覆盖的沙丘清清楚楚，我能看见很远处隔着无数个沙丘之外的一片片柴火，看清那些柴火的铁青枝干和叶子，我的牛车一瞬间到了那里。

那时我已经知道梦中的活不磨损农具，梦中丢掉的东西天亮前全都完好无损回到家里。梦中的牛也不耗费力气。我一车一车往家里拉柴火，梦中我知道沙漠里的柴火不多了，有柴火的地方越来越远，要翻过无数个沙包。

我醒来的一刻感到吸进嘴里的气多了一些，天开始变亮，我长大了，需要更多一点的空气，更稠一些的阳光，谁把它们及时地给予了我？我知道在我的梦中一个人已经停止呼吸，这片天地间的空气又重新分配了一次。

我静静地躺着，村子也静静的。我想再等一阵，就能听见哭喊声，那是多少年前那一场热闹喜庆的回声，它早早地转返回来，就像是刚刚过去的事，人们都还没离开。

在这地方，人咳嗽一声、牛哞一声、狗吠虫鸣，都能听见来自远方的清晰回声。每个人、每件事物，都会看见自己的影子在阳光下缓缓伸长，伸到看不见的遥远处，再慢慢返回到自己脚跟。

可是那个早晨，我没等到该有的那一片哭声。我出去放牛又回来，村子里依旧像往常一样安静。

天快黑时母亲告诉我，唐家的傻儿子昨晚上死了，唐家人也没吭声，悄悄拉出去埋了。

# 那个让我飞起来的梦

我年少时常做噩梦，在梦中被人追赶，仓皇逃跑。

我在《一个人的村庄》中写过这个梦境，我被一个瘸腿男人追赶，在暗夜里奔逃，四处躲藏，我躲在柴垛后面、破墙头后面、水渠后面，都被他找到。在这个被我写出来的梦中，我最后逃到了城市，以为那个瘸腿男人不会再追来，可是，他竟然追到我在城市的梦中。

在更多的没有被我写出来的噩梦中，后面追我的人越来越近，我恐惧万分，腿被拖住，怎么也跑不快，眼看被追上了，我大声喊叫，有时能喊出声音，有时喊不出声音，只是惊恐地张大着嘴。那个黑暗中张大嘴的面孔我无法想象。

而就在这时，突然地，我飞起来了。

我一直在想，那个让我在噩梦中一次次地飞起来的，到底是什么。当我从极度恐惧危险中突然脱离地面飞起来时，我看见追我的人没有飞起来，他被我甩掉了。如果他也能飞起来，追到天上，我便再无处可逃了。可是，那些梦没有给他飞的能力。也可以说，尽管我做了一个噩梦，但那个梦里追我的人，没有像我一样有飞的能力。

我从来没有细想这个梦的意义，这样的噩梦伴随着成长，也没有把它当一回事。毕竟只是梦，影响不到醒来的生活。

我也曾经问过一些人，在他们青春时有无做过这样的梦。很多人都说有过被人追赶的噩梦，但不记得或不明确会不会在梦里飞。

我问，当你在那个噩梦中眼看被追上，你怎办？

当然，醒来是一个解决噩梦的办法，当梦中发生不能承受的惊恐时，及时让自己醒来，似乎是一个选择。醒是梦的结束。无论多坏多好的梦，眼睛一睁都消失了。在这里，现实世界的醒来，成为躲避噩梦的安全岛，梦中再大的伤害，都不能延至醒后。对于大多数人，能从噩梦中醒来，是一件多么庆幸的事情。

但是，还有一种解脱噩梦的方式，不是从梦中醒来，而是直接飞起来。这是一个更好的办法。它把梦中的危害在梦里解决了，没有带到醒来的现实。

而且，一旦在梦中飞起来，一切都瞬间反转，地上的惧怕不在了，你明确地知道，追赶者不会追到天上。这样的梦可以做到天亮，睡眠可以安稳地延至天亮。

随着年岁日增，我逐渐记不清晚上做的梦，夜变成了真正的黑夜。我再也看不见睡着后的自己。以前那样的夜晚再长再黑，梦毕竟是亮的，让我知道自己在睡着后都干了些什么。

可是我在梦中似乎从来没有长大过，我依旧会做噩梦，只是次数少了。再后来，做梦的次数越来越少时，我知道好多梦其实被我忘记了。

我才又想到遗忘也是对付噩梦的一个办法，不管我在长夜的梦中遭遇什么，我都记不住它。

或许那样的梦里，我依旧在飞，但我忘记了。

或许我在梦里早不会飞了，我的梦也早已世故地

认为我没有飞的能力，不安排我天真地飞翔了。

可是，我越醒来越相信自己飞翔的能力。

当我在写《一个人的村庄》，写《虚土》，写刚出版这部灵光闪烁的《捎话》时，我知道自己在飞，在我的文字里飞。

这些文字负载土地的惊恐、苦难、悲欣、沉重，拖尘带土，朝天飞翔。

那个在少年的噩梦中一次次才让我飞起来的能力，成就了我的文学，我从那里获取了飞起来的翅膀和力量。

# 树会记住许多事

如果我们忘了在这地方生活了多少年，只要锯开一棵树，院墙角上或房后面那几棵都行，数数上面的圈就大致清楚了。

树会记住许多事。

其他东西也记事，却不可靠。譬如路，会丢掉人的脚印，会分叉，把人引向歧途。人本身又会遗忘许多人和事。当真的遗忘了那些人和事，人能去问谁呢？

问风？

风从不记得那年秋天顺风走远的那个人，也不会在意被它刮到天上飘远的一块红头巾最后落到哪里。风在哪儿停住，哪儿就会落下一堆东西。我们丢掉找不见的东西，大都让风挪移了位置。有些多年后被另一场相反的风刮回来，面目全非躺在墙根，像做了一场梦。有些在昏天暗地的大风中飘过村子，越走越远，再也回不到村里。

树从不胡乱走动。几十年、上百年前的那棵榆树，还在老地方站着。我们走了又回来。担心墙会倒塌、房顶被风掀翻卷走、人和牲畜四散迷失。我们把家安在大树底下，房前屋后栽许多树，让它快快长大。

树是一场朝天刮的风，刮得慢极了。能看见那些枝叶挨挨挤挤向天上涌，都踏出了路，走出了各种声音。在人的一辈子里，能看见一场风刮到头、停住，像一辆奔跑的马车，甩掉轮子，车体散架，货物坠落一地，最后马扑倒在尘土里，伸长脖子喘几口粗气，然后死去。谁也看不见马车夫在哪里。

风刮到头是一场风的空。

树在天地间丢了东西。

哥，你到地下去找，我向天上找。

树的根和干朝相反方向走了，它们分手的地方坐着我们一家人。父亲背靠树干，母亲坐在小板凳上，儿女们蹲在地上或木头上。刚吃过饭，还要喝一碗水。水喝完还要再坐一阵。院门半开着，能看见路上过来过去几个人、几头牛。也不知树根在地下找到什么。我们天天往树上看，似乎看见那些忙碌的枝枝叶叶没找见什么。

找到了它就会喊，把走远的树根喊回来。


父亲，你到土里去找，我们在地上找。

我们家要是一棵树，先父下葬时我就可以说这句话了。我们也会像一棵树一样，伸出所有的枝枝叶叶去找，伸到空中一把一把抓那些多得没人要的阳光和雨，捉那些闲得打盹的云，还有鸟叫和虫鸣，抓回来再一把一把扔掉。不是我要找的，不是的。

我们找到天空就喊你，父亲。找到一滴水一束阳光就叫你，父亲。我们要找什么？

多少年之后我才知道，我们真正要找的，再也找不回来的，是此时此刻的全部生活。它消失了，又正在被遗忘。

那根躺在墙根的干木头是否已将它昔年的繁枝茂叶全部遗忘。我走了，我会记起一生中更加细微的生活情景，我会找到早年落到地上没看见的一根针，记起早年贪玩没留意的半句话、一个眼神。当我回过头去，我对生存便有了更加细微的热爱与耐心。

　　如果我忘了些什么，匆忙中疏忽了曾经落在头顶的一滴雨、掠过耳畔的一缕风，院子里那棵老榆树就会提醒我。有一棵大榆树靠在背上（就像父亲那时靠着它一样），天地间还有哪些事情想不清楚呢。

　　我八岁那年，母亲随手挂在树枝上的一个筐，已经随树长得够不着。我十一岁那年秋天，父亲从地里捡回一捆麦子，放在地上怕鸡叨吃，就顺手夹在树杈上，这个树杈也已将那捆麦子举过房顶，举到了半空中。这期间我们似乎远离了生活，再没顾上拿下那个筐，取下那捆麦子。它一年一年缓缓升向天空的时候我们似乎从没看见。

现在那捆原本金黄的麦子已经发灰，麦穗早被鸟啄空。那个筐里或许盛着半筐干红辣皮、几个苞谷，筐沿满是斑白鸟粪，估计里面早已空空的了。

我们竟然有过这样富裕漫长的年月，让一棵树举着沉甸甸的一捆麦子和半筐干红辣皮，一直举过房顶，举到半空喂鸟吃。

"我们早就富裕得把好东西往天上扔了。"

许多年后的一个早春，午后，树还没长出叶子。我们一家人坐在树下喝苞谷糊糊。白面在一个月前就吃完了。苞谷面也余下不多，下午饭只能喝点糊糊。喝完了碗还端着，要愣愣地坐好一会儿，似乎饭没吃完，还应该再吃点什么，却什么都没有了。一家人像在想着什么，又像啥都不想，脑子空空地呆坐着。

大哥仰着头，说了一句话。

我们全仰起头，这才看见夹在树杈上的一捆麦子和挂在树枝上的那个筐。


如果树也忘了那些事，它早早地变成了一根干木头。

"回来吧，别找了，啥都没有。"

树根在地下喊那些枝和叶子。它们听见了，就往回走。先是叶子，一年一年地往回赶，叶子全走光了，枝杈便枯站在那里，像一截没人走的路。枝杈也站不了多久。人不会让一棵死树长时间站在那里。它早站累了，把它放倒，可它已经躺不平，身躯弯扭得只适

合立在空气中。我们怕它滚动，一头垫半截土块，中间也用土块堰住。等过段时间，消闲了再把树根挖出来，和躯干放在一起，如果它们有话要说，日子长着呢。一根木头随便往哪一扔就是几十年光景。这期间我们会看见木头张开许多口子，离近了能听见木头开口的声音。木头开一次口，说一句话。等到全身开满口子，木头就没话可说了。我们过去踢一脚，敲两下，声音空空的。根也好，干也罢，里面都没啥东西了。即便无话可说，也得面对面呆着。一个榆木疙瘩，一截歪扭树干，除非修整院子时会动一动，也许还会绕过去。谁会管它呢。在它身下是厚厚的这个秋天、很多个秋天的叶子。在它旁边是我们一家人、牲畜。或许已经是另一户人。

# 鸟叫

我听到过一只鸟在半夜的叫声。

我睡在牛圈棚顶的草垛上。整个夏天我们都往牛圈棚顶上垛干草,草垛高出房顶和树梢。那是牛羊一个冬天的食草。整个冬天,圈棚上的草会一天天减少。到了春天,草芽初露,牛羊出圈遍野里追青逐绿,棚上的干草便所剩无几,露出粗细歪直的梁柱来。那时候上棚,不小心就会一脚踩空,掉进牛圈里。

而在夏末秋初的闷热夜晚,草棚顶上是绝好的凉快处,从夜空中吹下来的风,丝丝缕缕,轻拂着草垛顶部。这个季节的风刮在高空，可以看到云堆飘移，却不见树叶摇动。

那些夜晚我很少睡在房子里。有时铺一些草睡在地头看苞谷。有时垫一条褥子躺在院子的牛车上，旁边堆着新收回来的苞谷棉花。更多的时候我躺在草垛上，胡乱地想着些事情便睡着了。醒来不知是哪一天早晨，家里发生了一些事，一只鸡不见了，两片树叶黄落到窗台，堆在院子里的苞谷少了几个，又好像一个没少；什么事都没有发生，一切都和往日一样，一家人吃饭，收拾院子，套车，扛农具下地……天黑后我依旧爬上草垛，胡乱地想着些事情然后睡着。

那个晚上我不是鸟叫醒的。我刚好在那个时候，睡醒了。天有点凉。我往身上加了些草。

这时一只鸟叫了。

"呱。"

独独的一声。停了片刻，又"呱"的一声。是一只很大的鸟，声音粗哑，却很有穿透力。有点像我外爷的声音。停了会儿，又"呱""呱"两声。

整个村子静静的、黑黑的，只有一只鸟在叫。

我有点怕，从没听过这样大声的鸟叫。

叫声在村南边隔着三四幢房子的地方，那儿有一棵大榆树，还有一小片白杨树。我侧过头看见那片黑乎乎的树梢像隆起的一块平地，似乎上面可以走人。

过了一阵，鸟叫声又突然从西边响起，离得很近，听声音好像就在斜对面韩三家的房顶上。鸟叫的时候，整个村子回荡着鸟声，不叫时便啥声音都没有了，连空气都没有了。

我在第七声鸟叫之后，悄悄地爬下草垛。我不敢

再听下一声，好像每一声鸟叫都刺进我的身体里，浑身的每块肉每根骨头都被鸟叫惊醒。我更担心鸟飞过来落到草垛上。如果它真飞过来，落到草垛上，我怎么办？我的整个身体埋在干草里，鸟看不见我，它会踩在我的头上叫，我会吓得一动不动。

我顺着草垛轻轻滑落到棚沿上，抱着一根伸出来的椽头吊了下来。在草垛顶上坐起身的那一瞬，我突然看见我们家的房顶，觉得那么远，那么陌生，黑黑地摆在眼底下，那截烟囱，横堆在上面的那些木头，模模糊糊的，像是梦里的一个场景。

这就是我的家吗？是我必须记住的——哪一天我像鸟一样飞回来，一眼就能认出的我们家朝天仰着的那副面容吗？在这个屋顶下面的大土炕上，此刻睡着我的后父、母亲、大哥、三个弟弟和两个小妹。他们都睡着了，肩挨肩地睡着了。只有我在高处看着黑黑的这幢房子。

我走过圈棚前面的场地时，拴在柱子上的牛望了我一眼，它应该听到了鸟叫。或许没有。它只是睁着眼睡觉。我正好从它眼睛前面走过，看见它的眼珠亮了一下，像很远的一点星光。我顺着墙根摸到门边上，推了一下，没推动，门从里面顶住了，又用力推了一下，顶门的木棍往后滑了一下，门开了条缝，我伸手进去，取开顶门棍，侧身进屋，又把门顶住。

房子里什么也看不见，却什么都清清楚楚。我轻脚绕开水缸、炕边上的炉子，甚至连脱了一地的鞋都没踩着一只。沿着炕沿摸过去，摸到靠墙的桌子，摸到了最里头，我脱掉衣服，在顶西边的炕角上悄悄睡下。

这时鸟又叫了一声，像从屋前的树上叫的，声音刺破窗户，整个地撞进屋子里。我赶紧蒙住头。

没有一个人被惊醒。

以后鸟再没叫，可能飞走了。过了好大一阵，我掀开蒙在头上的被子，房子里突然亮了一些。月亮出来了，月光透过窗户斜照进来。我侧过身，清晰地看见枕在炕沿上的一排人头。有的侧着，有的仰着，全都熟睡着。

我突然孤独害怕起来，觉得我不认识他们。

第二天中午，我说，昨晚上一只鸟叫得声音很大，像我外爷的声音一样大，太吓人了。家里人都望着我。一家人的嘴忙着嚼东西，没人吭声。只有母亲说了句：你又做梦了吧。我说不是梦。我确实听见了，鸟总共叫了八声，最后飞走了。我没有把这些话说出来，只是端着碗发呆。


不知还有谁在那个晚上听到鸟叫了。

那只是一只鸟的叫声。我想。那只鸟或许睡不着，独自在黑暗的天空中漫飞，后来飞到黄沙梁上空，叫了几声。

它把孤独和寂寞叫出来了。我一声没吭。

更多的鸟在更多的地方，在树上，在屋顶，在天空下，它们不住地叫。尽管鸟不住地叫，听到鸟叫的人，还是极少的。鸟叫的时候，有人在睡觉，有人不在了，有人在听人说话……很少有人停下来专心听一只鸟叫。人不懂鸟在叫什么。


那年秋天，鸟在天空聚会，黑压压一片，不知有

几千几万只。鸟群的影子遮挡住阳光，整个村子笼罩在阴暗中。鸟粪像雨点一样洒落下来，打在人的脸上、身上，打在树木和屋顶上。到处是斑斑驳驳的白点。人有些慌了，以为要出啥事。许多人聚到一起，胡乱地猜测着。后来全村人聚到一起，谁也不敢单独待在家里。鸟在天上乱叫，人在地下胡说。谁也听不懂谁。几乎所有的鸟都在叫，听上去各叫各的，一片混乱，不像在商量什么、决定什么，倒像在吵群架，乱糟糟的，从没有在某一刻停住嘴，听一只鸟独叫。人正好相反，一个人说话时，其他人都住嘴听着，大家都以为这个人知道鸟为啥聚会。这个人站在一个土疙瘩上，把手一挥，像刚从天上飞下来似的，其他人愈加安静了。这个人清清嗓子，开始说话。他的话语杂在鸟叫中，刚开始听还像人声，过一会儿像是鸟叫了。其他人轰的一声开始乱吵，像鸟一样各叫各的起来。天地间混杂着鸟语人声。

这样持续了约莫一小时，鸟群散去，阳光重又照进村子。人抬头看天，一只鸟也没有了。鸟不知散落到了哪里，天空腾空了。人看了半天，看见一只鸟从西边天空孤孤地飞过来，在刚才鸟群盘旋的地方转了几圈，叫了几声，又朝西边飞走了。

可能是只来迟了没赶上聚会的鸟。


还有一次，一群乌鸦聚到村东头开会，至少有几千只，大部分落在路边的老榆树上，树上落不下的，黑黑地站在地上、埂子上和路上。人都知道乌鸦一开会，村里就会死人，但谁都不知道谁家人会死。整个西边的村庄空掉了，人都拥到了村东边，人和乌鸦离

得很近，顶多有一条马路宽的距离。那边，乌鸦黑乎乎地站了一树一地；这边，人群黑压压地站了一渠一路。乌鸦"哑哑"地乱叫，人群一声不吭，像极有教养的旁听者，似乎要从乌鸦聚会中听到有关自家的秘密和内容。

只有王占从人群中走出来，举着根枝条，喊叫着朝乌鸦群走过去。老榆树旁是他家的麦地。他怕乌鸦踩坏麦子。他挥着枝条边走边"啊啊"地喊，听上去像另一只乌鸦在叫，都快走到跟前了，却没一只乌鸦飞起来，好像乌鸦没看见似的。王占害怕了，枝条举在手里，愣愣地站了半天，掉头跑回人群里。

正在这时，"咔嚓"一声，老榆树的一个横枝被压断，几百只乌鸦齐齐摔下来，机灵点的掉到半空飞起来，更多的掉在地上，或在半空乌鸦碰乌鸦，惹得人群一阵哄笑。还有一只摔断了翅膀，鸦群飞走后那只乌鸦孤零零地站在树下，望望天空，又望望人群。

全村人朝那只乌鸦围了过去。

那年村里没有死人。那棵老榆树死掉了。乌鸦飞走后树上光秃秃的，所有树叶都被乌鸦踏落了。第二年春天，也没再长出叶子。


"你听见那天晚上有只鸟叫了？是只很大的鸟，一共叫了八声。"

以后很长时间，我都想找到一个在那天晚上听到鸟叫的人。我问过住在村南头的王成礼和孟二，还问了韩三。第七声鸟叫就是从韩三家房顶上传来的，他应该能听见。如果黄沙梁真的没人听见，那只鸟就是叫给我一个人听的。我想。

我最终没有找到另一个在那晚听见鸟叫的人。以后许多年，我忙于长大，已经淡忘了那只鸟的事。它像童年经历的许多事情一样被推远了。可是，在我快四十岁的时候，不知怎的，又突然想起那几声鸟叫来。有时我会情不自禁地张几下嘴，想叫出那种声音，又觉得那不是鸟叫。也许我记错了。也许，只是一个梦，根本没有那个夜晚，没有草垛上独睡的我，没有那几声鸟叫。也许，那是我外爷的声音，他寂寞了，在夜里喊叫几声。我很小的时候，外爷粗大的声音常从高处贯下来，我常常被吓住，仰起头，看见外爷宽大的胸脯和满是胡子的大下巴。有时他会塞一块糖给我，有时会再大喊一声，撵我们走开，到别处玩去。外爷极爱干净，怕我们弄脏他的房子，我们一走开他便拿起扫把扫地。

现在，这一切了无凭据。那个牛圈不在了。高出树梢屋顶的那垛草早被牛吃掉，圈棚倒塌，曾经把一个人举到高处的那些东西消失了。那块天空空出来。再没有人从这个高度，经历他所经历的一切。

# 柴火

我们搬离黄沙梁时，那垛烧剩下一半的梭梭柴，也几乎一根不留地装上车，拉到了元兴宫村。元兴宫离煤矿近，取暖做饭都烧煤，那些柴火因此留下来。后来往县城搬家时，又全拉了来，跟几根废铁、两个破车轱辘，还有一些没用的歪扭木头一起，乱扔在院墙根。不像在黄沙梁时，柴火一根根码得整整齐齐，像一堵墙一样，谁抽走一根都能看出来。

柴垛是家力的象征。有一大垛柴火的人家，必定有一头壮牲口、一辆好车、一把快镢头、一根又粗又长的刹车绳。当然，还有几个能干的人。这些好东西凑巧对在一起了就能成大事、出大景象。

可是，这些好东西又很难全对在一起。有的人家有一头壮牛，车却破破烂烂，经常坏在远路上，满车的东西扔掉，让牛拉着空车逛荡回来。有的人家正好相反，置了辆新车，能装几千斤东西，牛却体弱得不行，拉半车干柴都打摆子。还有的人家，车、马都配地道了，镢头也磨利索了，刹车绳也是新的，人却不行了——死了，或者老得干不动活。家里失去主劳力，车、马、家具闲置在院子，等儿子长大、女儿出嫁，一等就是多少年，这期间车马家具已旧的旧，老的老，生活又这样开始了，长大长壮实的儿女们，跟老马破车对在一起。

一般的人家要置办一辆车得好些年的积蓄。往往买了车就没钱买马了，又得积蓄好些年。我们到这个家时，后父的牛、车还算齐备，只是牛稍老了些。柴垛虽然不高，柴火底子却很厚，大排场。不像一般人家的柴火，小小气气的一堆，都不敢叫柴垛。先是后父带我们进沙漠拉柴，接着大哥单独赶车进沙漠拉柴，接着是我、三弟，等到四弟能单独进沙漠拉柴时，我们已另买了头黑母牛，车轱辘也换成新的，柴垛更是没有哪家可比，全是梭梭柴，大棵的，码得跟房一样高，劈一根柴就能烧半天。

　　现在，我们再不会烧这些柴火了。我们把它当没用的东西乱扔在院子，却又舍不得送人或扔掉。我们想，或许哪一天没有煤了，没有暖气了，还要靠它们烧饭取暖。只是到了那时我们已不懂得怎样烧它们。劈柴的那把斧头几经搬家已扔得不见，家里已没有可以烧柴火的炉子。即便这样我们也没扔掉那些柴火，再搬一次家还会带上。它们是家的一部分。那个墙根就应该码着柴火，那个院角垛着草，中间停着车，柱子上拴着牛和驴。在我们心中一个完整的家院就应该是这样的。许多个冬天，那些柴火埋在深雪里，尽管从没人去动，但我们知道那堆雪中埋着柴火，我们在心里需要它们，它们让我们放心地度过一个个寒冬。

那堆梭梭柴就这样在院墙根待了二十年，没有谁去管过它。有一年扩菜地，往墙角移过一次，比以前轻多了，扔过去便断成几截子，颜色也由原来的铁青变成灰黑。另一年一棵葫芦秧爬到柴堆上，肥大的叶子几乎把柴火全遮盖住，那该是它最凉爽的一个夏季了。秋天，我们为摘一个大葫芦走到这个墙角，葫芦卡在横七竖八的柴堆中，搬移柴火时我又一次感觉到它们腐朽的程度，除此之外似乎再没有人动过。在那个墙角里它们独自过了许多年，静悄悄地把自己朽掉了。

最后，它们变成一堆灰时，我可以说，我们没有烧它们，它们自己变成这样的。我们一直看着它们变成了这样。从第一滴雨落到它们身上、第一层青皮在风中开裂，它们根部的茬儿朽掉，像土一样脱落在地时我们看见了。深处的木质开始发黑时，我们看见了，全都看见了。

当我死的时候，你们一样可以坦然地说，我们没有整这个人，没有折磨他，他自己死掉的，跟我们没一点关系。

那堵墙说，我们只为他挡风御寒，从没堵他的路。前墙有门，后墙有窗户。

那个坑说，我没陷害他，每次他都绕过去。只有一次，他不想绕了，栽了进去。

风说，他的背不是我刮弯的，他的脸不是我吹旧的，眼睛不是我吹瞎的。

雨说，我只淋湿他的头发和衣服，他的心是干燥的，雨下不到他心里。

狗说，我只咬烂过他的腿，早长好了。

土说，我们埋不住这个人，梦中他飞得比所有尘土都高。

可是，我不会说。

它们说完就全结束了。在世间能够说出的只有这么多。没谁听见一个死掉的人怎么说。

我一样没听见一堆成灰的梭梭柴，最后说了什么。

# 我另外的一生已经开始

　　我说不出有四个孩子那户人家的穷。他们垒在库车河边的矮小房子，萎缩地挤在同样低矮的一片民舍中间。家里除了土炕上半片烂毡，和炉子上一把黑黑的铁皮茶壶，再什么都没有。没有地，没有果园，没有生意。四个未成年的孩子，大的十二三岁，小的几岁，都待在家里。母亲病恹恹的，父亲偶尔出去打一阵零工。我不知道他们怎么生活。快中午了，那座冷冷的炉子上会做出怎样一顿饭食？他们的粮食在哪里？

　　我同样说不出坐在街边那个老人的孤独，他叫阿不利孜，是亚哈乡农民。他说自己是挖坎土曼的人，挖了一辈子，现在没劲儿了。村里把他当"五保户"，每月给一点口粮，也够吃了，但他不愿待在家等死，每个巴扎日都上老城来。他在老城里有几个"关系户"，隔些日子便去那些人家走一趟，他们好赖都会给他一些东西：一块馕、几毛钱、一件旧衣服。更多时候他坐在街边，一坐大半天，看街上赶巴扎的人，听他们吆喝、讨价还价。看着看着他瞌睡了，头一歪睡着。他对我说，小伙子，你知道不知道，死亡就是这个样子，他们都在动，你不动了。你还能看见他们在动，一直地走动，却没有一个人走过来，喊醒你。

这个老人把死亡都说出来了，我还能说些什么。

我只有不停地走动，在我没去过的每条街每个巷子里走动。我不认识一个人，又好似全都认识。那些叫阿不都拉、买买提、古丽的人，我不会在另外的地方遇见。他们属于这座老城的陈旧街巷。他们低矮的都快碰头的房子、没打直的土墙、在尘土中慢慢长大却永远高不过尘土的孩子。我目光平静地看着这些时，的确心疼着在这种不变的生活中耗掉一生的人们。我知道我比他们生活得要好一些，我的家境看上去比他们富裕。我的孩子穿着漂亮干净的衣服在学校学习，我的妻子有一份收入不菲的体面工作，她不用为家人的吃穿发愁。

可是，当我坐在街边，啃着买来的一块馕，喝着矿泉水，眼望走动的人群时，我知道我和他们是一样的，尘土一样多地落在我身上。我什么都不想，有一点饥饿，半块馕就满足了。有些瞌睡，打个盹儿又醒了。这个时刻一直地延长下去，我也可以和他们一样，

在老城的缓慢光阴中老去。我的孩子一样会光着脚，在厚厚的尘土中奔来跳去，她的欢笑一点儿不会比现在少。

我能让这个时刻一直地延长下去吗？

这一刻里我另外的一生仿佛已经开始。我清楚地看见另一种生活中的我自己：眼神忧郁，满脸胡须，背有点驼。名字叫亚生，或者买买提，是个木工、打馕师傅，或者是铁匠，会一门不好不坏的手艺。年轻时靠力气，老了靠技艺。我打的镰刀把多少个夏天的麦子割掉了，可我，每年挣的钱刚够吃饱肚子。

我没有钱让我的女儿上学，没有钱给她买漂亮合身的衣服。她的幸福在哪里我不知道，她长大，我长老。等她长大了还要在这条老街上寻食觅吃，等我长老了我依旧一无所有。

你看，我的腿都跑坏了还是找不到一个好的归宿，我的手指都变僵硬了，还没挣下一点儿养老的粮食。

我会把手艺传给女儿，教她学打铁，像吐迪家的女铁匠一样，打各种精巧耐用的铁器，挂在墙上等人来买。我不知道她是否喜欢这种叮叮当当的生活，不喜欢又能去做什么。如果我什么手艺都没有，我就教她最简单简朴的生活，像巴扎上那些做小买卖的妇女，买一把香菜，分成更小的七八把，一毛钱一把地卖，挣几毛钱算几毛。重要的是我想教会她快乐。我留下贫穷，让她继承；留下苦难，让她承担。我没留下快乐，她要学会自己寻找，在最简单的生活中找到快乐，把自己漫长的一生度过。

我不知道这种日子的尽头是什么。我的孩子，没人教她会自己学会舞蹈，快乐的舞蹈、忧伤的舞蹈。

在土街土巷里跳，在果园葡萄架下跳。没有红地毯也要跳，没有弹拨儿伴奏也要跳。学会唱歌，把快乐唱出来，把忧伤唱出来，唱出祖祖辈辈的梦想。

如果我死了——不会有什么大事，只是一点小病，我没钱去医治，一直地拖着，小病成大病，早早地把一生结束了。那时我的女儿才有十几岁，像我在果园小巷遇到那个叫古丽莎的女孩一样，她十二岁没有了父亲，剩下母亲和一个妹妹。她从那时起辍学打工，学钉箱子。开始每月挣几十块钱，后来挣一百多块，现在她十七岁了，已经是一个技艺娴熟的制箱师傅，一家人靠她每月二百五十元到三百元的收入维持生活。

古丽莎长得清秀好看，一双水灵的大眼睛里，闪烁着她这个年龄女孩子少有的忧郁。那个下午，我坐在她身旁，看她熟练地把铜皮包在木箱上，又敲打出各种好看的图案。我听她说家里的事：母亲身体不好，一直待在家，妹妹也辍学了，给人家当保姆。我问一句，古丽莎说一句，我不问，她便低着头默默干活，有时抬头看我一眼。我不敢看她的眼睛，那时刻，我就像她早已过世的父亲，羞愧地低着头，看着她一天到晚地干活，小小年纪就累弯了腰，细细的手指变得粗糙。我在心里深深地心疼着她，又面含微笑，像另外一个人。

# 通往田野的小巷

　　顺着一条巷子往前走，经过铁匠铺、馕坑、烧土陶的作坊，不知不觉地，便进入一片果园或苞谷地。八九月份，白色、红色的桑葚斑斑点点熟落在地。鸟在头顶的枝叶间鸣叫，巷子里的人家静悄悄的。很久，听见一辆毛驴车的声音，驴蹄嗒嗒地点踏过来，毛驴小小的，黑色，白眼圈，宽长的车排上铺着红毡子，上搭红布凉棚。赶车的多为小孩和老人，坐车的，多是些丰满漂亮的女人，服饰艳丽，爱用浓郁香水，一路过去，留香数里，把鸟的头都熏晕了。如果不是巴扎日，老城的热闹仅在龟兹古渡两旁，饭馆、商店、清真寺、手工作坊，以及桥上桥下的各种民间交易。这一块是库车老城跳动不息的古老心脏，它的头是昼夜高昂的清真大寺，它的手臂背在身后，双腿埋在千年尘土里，不再迈动半步。

库车城外的田野更像田野，田地间野草果树杂生。不像其他地方的田野，是纯粹的庄稼世界。

在城郊乌恰镇的麦田里，芦苇和种类繁多的野草，长得跟麦子一样旺势。高大的桑树、杏树耸在麦田中间。白杨树挨挨挤挤围拢四周，简直像一个植物乐园。桑树、杏树虽高大繁茂，却不欺麦子。它的根直扎下去，不与麦子争夺地表层的养分。在它的庞大树冠下，麦子一片油绿。

库车农民的生活就像他们的民歌一样缓慢悠长。那些毛驴，一步三个蹄印地走在千年乡道上，驴车上的人悠悠然然，再长的路，再要紧的事，也是这种走法。不管太阳什么时候出来，又什么时候落山。田地里的杂草，就在他们的缓慢与悠然间，生长出来，长到跟麦子一样高，一样结饱籽粒。

　　在这片田野里，一棵草可以放心地长到老而不必担心被人铲除。一棵树也无须担忧自己长错位置，只要长出来，就会生长下去。人的粮食和毛驴爱吃的杂草长在同一块地里。鸟在树枝上做窠，在树下的麦田捉虫子吃，有时也啄食半黄的麦粒，人睁一眼闭一眼。库车的麦田里没有麦草人，鸟连真人都不怕，敢落到人的帽子上，敢把窝筑在一伸手就够到的矮树枝上。

　　一年四季，田野的气息从那些弯曲的小巷吹进老

城。杏花开败了，麦穗扬花。桑葚熟落时，葡萄下架。靠农业养活，以手工谋生的库车老城，它的每一条巷子都通往果园和麦地。沿着它的每一条土路都能走回过去。毛驴车，这种古老可爱的交通工具，悠悠晃晃，载着人们，在这块绿洲上，一年年地原地打转。永远跑不快，跑不了多远，也似乎不需要跑多快多远。

不远的绿洲之外，是荒无人烟的戈壁沙漠。

# 共同的家

　　为一窝老鼠我们先后养过四五只猫，全是早先一只黑母猫的后代。在我的印象中猫和老鼠早就订好了协议。自从养了猫，许多年间我们家老鼠再没增多，却也始终没彻底消灭，这全是猫故意给老鼠留了生路。老鼠每天夜里牺牲掉两只供猫果腹，猫一吃饱，老鼠便太平了，满屋子闹腾，从猫眼皮底下走过，猫也懒得理识。

　　我们早就识破猫和老鼠的这种勾当，但也没办法，不能惩罚猫。猫打急了会跑掉，三五天不回家，还得人去找。有时在别人家屋里找见，已经不认你了。不像狗，对它再不好也不会跑到别人家去。

我们一直由着猫，给它许多年时间，去捉那窝老鼠，很少打过它。我们想，猫会慢慢把这个家当成自己家，把家里的东西当成自己的去守护。我们期望每个家畜都能把这个院子当成家，跟我们一起和和好好往下过日子。虽然，有时我们不得不把喂了两年的一头猪宰掉，把养了三年的一只羊卖掉，那都是没办法的事。


那头黑猪娃刚买来时就对我们家很不满意。母亲把它拴在后墙根，不留神它便在墙根拱一个坑，样子气哼哼的，像要把房子拱倒似的。要是个外人在我们家后墙根挖坑，我们非和他拼命不可。对这个小猪娃，却只有容忍。每次母亲都拿一根指头细的小树条，在小猪鼻梁上打两下，当着它的面把坑填平、踩瓷实。末了举起树条吓唬一句：再拱墙根打死你。

　　黄母牛刚买来时也常整坏家里的东西。父亲从邱老二家买它时它才一岁半。父亲看上了它，它却没看上父亲，不愿到我们家来。拉着一个劲地后退，还甩头，蹄子刨地向父亲示威。好不容易牵回家，拴在槽上，又踢又叫，独自在那里耍脾气。它用角抵歪过院墙，用屁股蹭翻过牛槽，还踢伤一只白母羊，造成流产。父亲并没因此鞭打它。父亲爱惜它那身光亮的没有一丝鞭痕的皮毛。我们也喜欢它的犟劲，给它喂草饮水时逗着它玩。它一发脾气我们就赶紧躲开。我们有的是时间等。一个月，两个月。一年，两年。我们总会等到一头牛把我们全当成好人，把这个家认成自己家，有多大劲也再不往院墙、牛槽上使，爱护家里每一样东西，容忍羊羔在它肚子下钻来钻去，鸡在它蹄子边刨虫子吃，有时飞到脊背上啄食草籽。

牛是家里的大牲畜。我们知道养乖一头牛对这个家有多大意义。家里没人时，遇到威胁，其他家畜都会跑到牛跟前。羊躲到牛屁股后面，鸡钻到羊肚子底下。狗会抢先迎上去狂吠猛咬。在狗背后，牛怒瞪双眼，扬着利角，像一堵墙一样立在那里。无论进来的是一条野狗，一匹狼，一个不怀好意的陌生人，都无法得逞。

在这个院子里我们让许多素不相识的动物成了亲密一家。我们也曾期望老鼠把这个家当成自己家，饿了到别人家偷粮食，运到我们家来吃。可是做不到。


几个夏天过去后，这个院子比我们刚来时更像个院子。牛圈旁盖了间新羊圈，羊圈顶上是鸡窝。猪圈在东北角上，全用树根垒起来的，与牛羊圈隔着菜窖和柴垛。是我们故意隔开的。牛羊都嫌弃猪。猪粪太臭，猪又爱往烂泥坑里钻，身子脏兮兮的。牛羊都极爱干净。尽管白天猪哼哼唧唧在牛羊间钻来钻去，也看不出牛和羊怎么嫌弃它，更没见羊和猪打过架，但我们还是把它们分开，一来院子东北角正对着荒地，需要把院墙垒结实；二来我们潜意识中觉得，那个角上应该有谁驻守。猪也许最合适。

经过几个夏天——我记不清经过了几个夏天，无论母亲、大哥、我、弟弟、妹妹，还是我们进这个家后买的那些家畜，都已默认和喜欢上这个院子。我们亲手给它添加了许多内容。除了羊圈，房子东边续盖了两间小房子，一间专门煮猪食，一间盛农具和饲料。院墙几乎重修了一遍，我们进来时有好几处篱笆坏了，到处是大大小小的洞，第一年冬天从雪地上的脚印我们知道，有野兔、狐狸，还有不认识的一种动物进了院子。拆掉重盖又拆掉，垒了三次狗窝。一次垒在院子最里面靠菜地的那棵榆树下，嫌狗咬人不方便，离院门太远，它吠叫着跑过院子时惊得鸡四处乱飞。二次移到大门边，紧靠门墩，狗洞对着院门，结果外人都不敢走近敲门，有事站在路上大嗓子喊。三次又往里移了几米。

这些小活都是我们兄弟几个干。大些的活，后父带我们一块干。后父早年曾在村里当过一阵小组长，我听有人来找后父帮忙时，还尊敬地叫他方组长，更多时候大家叫他方老二。

我们跟后父干活总要闹许多别扭。那时我们对这个院子的以往一无所知，不知道那些角角落落里曾发生过什么事。"不要动那根木头。"他大声阻止。我们想把这根歪扭的大榆木挪到墙根，腾出地方来栽一行树。"那个地方不能挖土。" "别动那个木桩。"我们隐约觉得那些东西上隐藏着许多事。我们太急于把手伸向院子的每一处，想抹掉那些不属于我们的陈年旧事，却无意中翻出了它们，让早已落定的尘埃重又弥漫在院子里。我们挪动那些东西时已经挪动了后父的记忆。我们把他的往事搅乱了。他很生气。他一生气便气哼哼地蹲到墙根，边抽烟边斜眼瞪我们。在他的乜视里我们小心谨慎干完一件又一件事，照着我们的想法和意愿。

牲畜们比我们更早地适应了一切。它们认下了门：朝路开的大门、东边侧门、菜园门、各自的圈门，知道该进哪个不能进哪个。走远了知道回来，懂得从门进进出出，即使院墙上有个豁口也不随便进出。只有野牲口（我们管别人家的牲口叫野牲口）才从院墙豁口跳进来偷草料吃。经过几个夏天（我总是忘掉冬天，把天热的日子都认成夏天），它们都已经知道了院子里哪些东西不能踩，知道小心地绕过筐、盆子、落在地上没晾干的土块、斜躺的农具，知道了各吃各的草，各进各的圈，而不像刚到一起时那样相互争吵。到了秋天院子里堆满黄豆、甜菜、苞谷，羊望着咩咩叫，猪望着直哼哼，都不走近，知道那是人的食物，吃一口就要鼻梁上挨条子。也有胆大的牲畜趁人不注意叼一个苞谷，狗马上追咬过去，夺回来放在粮堆。

一个夜晚我们被狗叫声惊醒，听见有人狠劲顶推院门，门"哐哐"直响。父亲提马灯出去，我提一根棍跟在后面。对着门喊了几声，没人应。父亲打开院门，举灯过去，看见三天前我们卖给沙沟沿张天家的那只黑母羊站在门外，眼角流着泪。

# 我改变的事物

　　我年轻力盛的那些年，常常扛一把铁锨，像个无事的人，在村外的野地上闲转。我不喜欢在路上溜达，那个时候每条路都有一个明确去处，而我是个毫无目的的人，不希望路把我带到我不情愿去的地方。我喜欢一个人在荒野上转悠，看哪不顺眼了，就挖两锨。那片荒野不是谁的，许多草还没有名字，胡乱地长着。我也胡乱地生活着，找不到值得一干的大事。在我年轻力盛的时候，那些很重很累人的活都躲得远远的，不跟我交手。等我老了没力气时又一件接一件来到生活中，欺负一个老掉的人。我想，这就是命运。

　　有时，我会花一晌午工夫，把一个跟我毫无关系的土包铲平，或在一片平地上无辜地挖一个大坑。我只是不想让一把好锨在我肩上白白生锈。一个在岁月中虚度的人，再搭上一把锨、一幢好房子，甚至几头壮牲口，让它们陪你虚晃荡一世，那才叫不道德呢。当然，在我使唤坏好几把铁锨后，也会想到村里老掉的一些人，没见他们干出啥大事便把自己使唤成这副样子，腰也弯了，骨头也散架了。

　　几年后当我再经过这片荒地，就会发现我劳动过的地上有了些变化。以往长在土包上的杂草落下来了，和平地上的草挤在一起，再显不出谁高谁低。而我挖的那个大坑里，深陷着一窝子墨绿。这时我内心

的激动别人是无法体会的——我改变了一小片野草的布局和长势。就因为那么几锨，这片荒野的一个部位发生变化了，每个夏天都落到土包上的雨，从此再找不到这个土包。每个冬天也会有一些雪花迟落地一会儿——我挖的这个坑增大了天空和大地间的距离。对于跑过这片荒野的一头驴来说，这点变化算不了什么，它在荒野上随便撒泡尿也会冲出一个不小的坑来。而对于世代生存在这里的一只小虫，这点变化可谓天翻地覆，有些小虫一辈子都走不了几米，在它的领地随便挖走一锨土，它都会永远迷失。

有时我也会钻进谁家的玉米地，蹲上半天再出来。到了秋天就会有一两株玉米，鹤立鸡群般耸在一片平庸的玉米地中。这是我的业绩，我为这户人家增收了几斤玉米。哪天我去这家借东西，碰巧赶上午饭，我会毫不客气地接过女主人端来的一碗粥和半块玉米饼子。

我是个闲不住的人，却永远不会为某一件事去忙碌。村里人说我是个"闲锤子"，他们靠一年年的勤劳改建了家园，添置了农具和衣服。我还是老样子，他们不知道我改变了什么。

一次我经过沙沟梁，见一棵斜长的胡杨树，有碗口那么粗吧，我想它已经歪着身子活了五六年了。我找了根草绳，拴在邻近的一棵榆树上，费了很大劲把这棵树拉直。干完这件事我就走了。两年后我回来的时候，一眼看见那棵歪斜的胡杨已经长直了，既挺拔又壮实。拉直它的那棵榆树却变歪了。我改变了两棵树的长势，而现在，谁也改变不了它们了。

我把一棵树上的麻雀赶到另一棵树上，把一条渠里的水引进另一条渠。我相信我的每个行为都不同寻常地充满意义。我是一个平常的人，住在这样一个偏僻小村庄里，注定要无所事事地闲逛一辈子。我得给自己找点闲事，有个理由活下去。

　　我在一头牛屁股上拍了一锨，牛猛蹿几步，落在最后的这头牛一下子到了牛群最前面，碰巧有个买牛的人，这头牛便被选中了。对牛来说，这一锨就是命运。

　　它们再被吆喝回来时，已是另一个黄昏了。那时我正站在另一道沙梁上，目送落日呢。没人知道这一天的太阳是我送走的。每天黄昏独自站在沙梁上，向太阳挥手告别的那个人就是我。除了我，谁会做这个事呢。家里来个客人走了，都会有人送到村头。照耀了我们一整天的太阳走了，却没有人送别。他们不干的事就是我的事。我一直看着太阳走远，当它落在地平线上，那红彤彤的半个脸庞依依不舍地看着我时，我知道这个村庄里它只认得我。因为，明天一早，独自站在村东头招手迎接日出的，肯定还是我。

当我五十岁的时候，我会很自豪地目睹因为我而成了现在这个样子的大小事物，在长达一生的时间里，我有意无意地改变了它们，让本来黑的变成白，本来向东的去了西边……而这一切，只有我一个人清楚。

我扔在路旁的那根木头，没有谁知道它挡住了什么。它不规则地横在那里，是一种障碍，一段时光中的堤坝，又像是一截指针，一种命运的暗示。每天都会有一些村民坐在木头上，闲扯一个下午。也有几头牲口拴在木头上，一个晚上去不了别处。因为这根木

头，人们坐到了一起，扯着闲话商量着明天、明年的事。因此，第二天就有人扛一架农具上南梁坡了，有人骑一匹快马上胡家海子了……而在这个下午之前，人们都没想好该去干什么。没这根木头，生活可能会是另一个样子。坐在一间房子里的板凳上和坐在路边的一根木头上商量出的事肯定是完全不同的两种结果。

多少年后当眼前的一切成为结局，时间改变了我，改变了村里的一切。整个老掉的一代人，坐在黄昏里感叹岁月流逝、沧桑巨变。没人知道有些东西是被我改变的。在时间经过这个小村庄的时候，我帮了时间的忙，让该变的一切都有了变迁。我老的时候，我会说，我是在时光中活老的。

# 对一朵花微笑

　　我一回头，身后的草全开花了。一大片，像谁说了一个笑话，把一摊草惹笑了。

　　我正躺在土坡上想事情。是否我想的事情——一个人头脑中的奇怪想法让草觉得好笑，在微风中笑得前仰后合，有的哈哈大笑，有的半掩芳唇、忍俊不禁。靠近我身边的两朵，一朵面朝我，张开薄薄的粉红花瓣，似有吟吟笑声入耳。另一朵则扭头掩面，仍不能遮住笑颜。我禁不住也笑了起来。先是微笑，继而哈哈大笑。

这是我第一次在荒野中，一个人笑出声来。


　　还有一次，我在麦地南边的一片绿草中睡了一觉。我太喜欢这片绿草了，墨绿墨绿的，和周围的枯黄野地形成鲜明对比。

　　我想大概是一个月前，浇灌麦地的人没看好水，或许他把水放进麦田后睡觉去了。水漫过田埂，顺这条干沟漫流而下。枯萎多年的荒草终于等来一次生机。那种绿，是积攒了多少年的，一如我目光中的饥渴。我虽不能像一头牛一样扑过去，猛吃一顿，但我可以在绿草中睡一觉。和我喜爱的东西一起睡一觉，做一个梦，也是满足。

　　一个在枯黄田野上劳忙半世的人，终于等来草木青青的一年。一小片。草木会不会等到我出人头地的

一天。

这些简单地长几片叶，伸几条枝，开几瓣小花的草木，从没长高长大，没有茂盛过的草木，每年每年，从我少有笑容的脸和无精打采的行走中，看到的是否全是不景气。

我活得太严肃，呆板的脸似乎对生存已经麻木，忘了对一朵花微笑，为一片新叶欢欣和激动。这不容易开一次的花朵，难得长出的一片叶子，在荒野中，我的微笑可能是对一个卑小生命的欢迎和鼓励。就像青青芳草让我看到一生中那些还未到来的美好前景。

以后我觉得，我成了荒野中的一个。真正进入一片荒野其实不容易，荒野旷敞着，这个巨大的门让你在努力进入时不经意已经走出来，成为外面人。它的细部永远对你紧闭着。

走进一株草、一滴水、一粒小虫的路可能更远。弄懂一棵草，并不仅限于把草喂到嘴里嚼几下，尝尝味道。挖一个坑，把自己栽进去，浇点水，直愣愣站上半天，感觉到的可能只是腿酸脚麻和腰疼，并不能断定草木长在土里也是这般情景。人没有草木那样深的根，无法知道土深处的事情。人埋在自己的事情里，埋得暗无天日。人把一件件事情干完，干好，人就渐渐出来了。

我从草木身上得到的只是一些人的道理，并不是草木的道理。我自以为弄懂了它们，其实我弄懂了自己。我不懂它们。

# 寻找一个人的村庄

## ——纪录片拍摄日记

## 走进黄沙梁

2000 年 10 月 1 日晚

摄制组到达沙湾县四道河子镇。天黑好一阵了。因为"十一"放假，镇上领导大多不在。财政所潘所长设宴接风。潘是地道的本地人，新疆老户，朴实中透着机敏。这也是这一带农民的特性——他们有一种老老实实的聪明。

多少年来，这块土地上老老实实地生发着一些不老实的事情。土地有它本身的神秘和不可知。

我们在充满棉花和成熟苞谷味的黄昏里穿过柳毛湾、老沙湾、黄沙梁。现在，我们的摄像机、摇臂、小张二毛的脸，连同田野上的大片棉花一起，埋在四道河子镇的长夜里。再过八九个小时，这块地方的天空大地才会对他们——摄制组的其他人缓缓打开。

　　我在自己的晴朗白天里写这些文字。

　　许多年前，我把这里的漫漫黑夜熬尽了，剩下全是属于自己的晴朗白天。不管外面的天亮不亮，我都能看清楚这块土地上的事情。

　　我在这里度过了人生最初的二十多个年头。我们家最早挖地窝子落户的黄渠村距四道河子镇十几公里，与后来居住的太平渠有二十公里。这一带统称黄沙梁地区。

## 寻找"一个人的村庄"

2000 年 10 月 2 日上午

今天的主要任务是踩点。镇政府提供了两辆小车，财政所潘所长和武装部小张带路，我们在秋天的田野上四处寻找"一个人的村庄"。

我们不会再完整地找到这个村庄。它的半堵残墙或许仍在新垦村，一个烂牛棚忘在龙口村的哈萨克人家院子里。渠边村的村头有点像它的样子，里面却面目全非了。还有它的绕过一些东西又绕过一些东西弯曲地回到村里的道路。它的狗吠、鸡鸣、驴叫和牛哞，像早年的细碎银子丢失在村庄田野里。

土地上曾经有过的许多美好去处，就在不远处。只是我们再没有通向它的道路。

这辆翻山越野、跑得飞快的汽车驶不到那里。那

090

架高倍数的广角摄像镜头伸不到那里。一颗普普通通的心有可能到达。一只细腿薄翼的蚊子或许先于人的心灵赶到那个村子。一条狗眼睛里浸满我们所有的美好往日。一片草叶下的家园盛景。一捧土里祖先和子孙们的微笑和私语。

我离开的时候，没有想到多少年后我会带着一帮子人，开着车、扛着家伙，来寻找一个根本找不见的村子。


## 紧贴着大地

2000 年 10 月 2 日下午

这一带的村庄都很低矮。大地荒野尽头隐约的一些房屋，紧贴着大地，比草稍高一点，或者一般高低。草茂盛时看不见村子。只有一早一晚的炊烟，袅袅绕绕地向远处招着手。

人也是紧贴着地生活。人好似害怕自己长高了，蹿到天上去，身上总压着些东西：一把锹、一捆柴、半麻袋苞谷、骑在脖子上的孩子……人被压上几十年就再直不起腰。到老了手能摸着地，脸贴向尘土。

更早年月人们住地窝子，睡眠和梦都低于土地。人的梦想是一粒种子，地下面发芽，地上生长，成熟后落进土里。

村庄和人就像大地上的草皮，不压迫大地。不阻碍大地向更远辽阔而去。

一场风刮过村子。一束阳光穿过村子。一只鸟、一片树叶，径直地飞过村子。

那些矮土墙不阻挡阳光。那些更低矮的埂子分不清庄稼和草的自由生长。那些人，从村南头走到村北头就走完了一辈子。地辽阔而去。风刮过村子。阳光接连不断地穿过村子。

## 丢失的农具

2000 年 10 月 3 日上午

这个破院子里还需要一些道具。我对王导说。

王导根本没在这种院子里生活过，不知道院子里还能有什么。他带了块白布，在院子里拉了根铁丝，把白布挂上去。

我极力反对，他还是挂了上去。他天真地要在院子里制造一些他自己的东西，尽管是一块毫无意思又很扎眼的白布。

这个院子里的生活离开时，有些东西被带走了，有些自己消失。还有一些，因为残缺、挪移了位置，

已经不知道当时的用途。

　　但我清楚哪些地方放着哪样东西。我知道一个家园里所有的生活及生产用具：铁锹、木锹、斧头、桶、木叉、缸磙子……以及夹杂其间的让它们生动起来的人的叫喊声，说话、哭、笑、牛哞、狗吠和鸡鸣。

　　可是，我们不会在任何一户人家中找全这些东西。没有哪户人家把所有农具都置全了才开始生活。

　　生活是一个不断添置、丢失、损坏，再更换的过程。其间可能有一把磨秃的芨芨扫帚，慢慢地，什么也扫不起来。一把卷刃的镰刀扔在荒草中。

　　有些农具一年才用一两次。有些农具好几年用一次，甚至用一次就再没用了。人都把这件农具忘了，或者它都放朽掉了，这件农具的活却又突然出现了，让人猝不及防。

我们家搬到沙湾县城后，家里的农具大都扔的扔、丢的丢，只留下一把铁锹，对付院子里的一小块菜地。因为不再割草，镰刀早不知丢哪去了。不用砍柴劈柴，那把锋利的钢板斧头也好几年看不见。我们过着不费体力的轻闲日子，以为再也用不着那些东西了。可是，有一年，突然地我们家院子旁边的几棵杨树长大长粗，想砍掉用它盖房子。满院子找那把斧头，再也找不见了。

## 守着一朵花开谢

2000 年 10 月 6 日

今天醒得晚了些，太阳已经照进房子。永和的床空着，也许一夜未归。也许一大早爬起来看日出去了。小张还没起来，过道对门的房间静悄悄的，小钟出门上了趟卫生间又回屋里。王导和二毛的房间也静悄悄的。阳光从阳台的大窗口平照进来，穿过我的屋子，又从床边的小窗口照进过道。小窗口少了块玻璃，前天，临睡觉前小张还从没玻璃的窗口探头进来，很调皮地一笑。她的天性中有一种可爱的东西，时常花开一样不可阻挡地绽放出来。

我曾在这样的花开中度过一段快乐难忘的日子。那时我正写《风中的院门》，刚进入状态，有一个很大的长篇小说的构思。一朵花的开放让我的写作一再延迟、断续。

最后，这部小说写坏了。写成了无数个片段的散文。

我在黄沙梁时，有个放牛的，从春到秋，赶一群牛，在北边的大荒滩上追青逐绿。他春天赶牛出去，一直到落头一场雪才回来。我听说这个放牛的有个爱好，在野滩中遇到花开便会停住，一直守到花开谢再往前去。

我在那片野滩中遇到过多少次花开，已经记不清。我只是经过它们。有时在一朵开得艳美的花朵旁停留一阵，我去干别的事，回来时那朵花已经开谢了，其他的花也正在谢。

在我的一生中，我至少会守着一朵花开谢，我放下别的事情，放下往前走的路。春天过去，秋天过去，所有的人离去，我留下。为我喜欢的一朵花。我想。

# 关于绘者

　　袁小真，80 后插画师。以独特的女性视角出发，擅长运用浪漫、感性的题材来表达绘画。代表作有绘本《美食小情书》《社戏》《郑州 24 节气》《遥远的抱山坞》等，《中国女性》海外杂志专栏插画师。为《82 年生的金智英》《飞往巴黎的末班机》绘制封面，为是枝裕和中国版小说《步履不停》《比海更深》《小偷家族》《无人知晓》等绘制封面及插图。